PENSÉES

POLITIQUES

SUR LES ÉVÉNEMENS

DU JOUR;

PAR J. B. T. L******.

A PARIS,

DE L'IMPRIMERIE DE CHASSAIGNON,

rue Gît-le-Cœur, n° 7.

1823.

PENSÉES POLITIQUES

SUR

LES ÉVÉNEMENS DU JOUR.

———

Il ne faut pas un bien grand homme pour deviner aujourd'hui le secret de tous les partis. Leur politique à tous est si grosse, qu'il faudrait être bien aveugle pour ne pas apercevoir leurs prétentions respectives, et même jusqu'aux mobiles particuliers qui font agir chacun des sectateurs et des chefs.

Les dernières classes du peuple ont vraiment le sentiment de l'orgueil national, et sont prêtes à faire de grands sacrifices pour la patrie ; les classes moyennes ne s'occupent que de leurs intérêts privés. Quant aux classes supérieures, la bassesse, l'égoïsme et la corruption sont les caractères qui les distinguent. Tel est l'état.de la société en France.

Autre temps est le règne des lois, autre temps est le règne des armes. On discute encore aujourd'hui sur l'essence et la quintessence du droit, et l'on invoque à grands cris le droit public des nations. C'est le cas de répéter avec un grand homme de nos jours : *Il s'agit bien de cela lorsqu'on organise le monde avec des baïonnettes.*

Le parti national en France est tout-à-fait démo-
ralisé. Il faudrait une secousse bien violente et surtout des hommes, des hommes pour réparer l'ineptie de nos chefs, remettre les esprits dans la vraie
route, et leur rendre toute leur énergie. D'après la
situation actuelle des choses, il est impossible de rien
calculer pour l'avenir. Tout est renversé.

« Les grandes compagnies, dit Voltaire (*Charles*
« *XII*), n'ont jamais pris de bons conseils dans les
« troubles civils, parce que les factieux y sont har-
« dis, et les gens de bien timides. » C'est encore
l'histoire de notre époque.

Tous les partis qui s'agitent en France conspirent
évidemment la ruine de nos libertés; mais certes
nos plus grands ennemis sont sans contredit nos représentans libéraux. L'orgueil, l'entêtement et l'am-
bition de ces gens-là nous perdront infailliblement.
Tout est hypocrite, égoïste, petit et vil dans ce parti.
Je sais tels de leurs actes qui étonneraient bien le
peu de sectateurs qui leur restent.

Il y a aujourd'hui quinze cents idéologues qui rê-
vent la république, et quinze millions de Français
qui la repoussent. L'on croirait que les quinze millions de Français parlent plus haut que les quinze
cents rêveurs. Hé bien! pas du tout; ces derniers se
sont arrangés de manière à parler tout seuls, et à
étouffer tout écrivain qui n'entrerait pas dans leur
système, et ne parlerait pas le même langage. Mais
à quoi peut aboutir un pareil manège? A des huées.

C'est à l'égoïsme qu'on reconnaît les factions. A l'aide de ce caractère distinctif il est impossible de s'y méprendre, de quelque beau nom qu'elles se décorent, et sous quelques bonnes intentions qu'elles cherchent à se cacher.

Nos publicistes, qui se déchaînent avec tant de fureur contre tous les monopoles, en ont organisé un à leur profit, qui est le plus vil, le plus odieux et le plus fatal dans ses conséquences : je veux dire le monopole de la presse. Il est impossible de qualifier une pareille usurpation, surtout de la part de gens si nuls. Rien ne tient contre l'intérêt personnel.

Il n'est pas permis aujourd'hui, selon les statuts de la société des journalistes, d'avoir de l'esprit et du sens en politique, si l'on n'a figuré dans les troubles révolutionnaires ou dans quelques événemens privilégiés subséquens, et d'être agrégé au corps sans avoir promis soumission et prêté serment. Graces au ciel, le temps va venir où nous allons voir s'écrouler de lui-même et sans efforts ce petit échafaudage d'égoïsme et de bassesse. Aussi que de réputations usurpées vont s'évanouir! combien de héros du jour vont se réveiller bien petits et bien nuls!

Toute faction, a-t-on dit, est composée de dupes et de fripons. Parmi les membres de l'Opposition il est sans doute un grand nombre d'hommes probes et désintéressés; mais ils croient tous à la probité et au désintéressement de leurs collègues, et se laissent aller au torrent. Il ne faudrait pas un tact bien exquis pour dire avec certitude : *Voilà l'honnête homme, et voilà le fripon.*

Bonaparte dit avoir trouvé les révolutionnaires et les émigrés insatiables de richesses, et toujours prêts à lutter de bassesses pour en obtenir. Il n'est pas difficile de croire à une pareille assertion quant aux premiers. Presque tous ont fait leur éducation au milieu d'une atmosphère d'intrigues, de cabales, de bassesse et de corruption ; il faudrait en conséquence qu'ils eussent été bien cuirassés par la nature pour être à l'épreuve d'un pareil débordement de mœurs. Il y a tel homme qui s'est vendu à dix partis différens ; dans ce cas sa conscience a pris son pli, et il ne lui en coûte pas plus de se vendre une onzième fois.

On dirait aujourd'hui aux Français que tel homme, tel journal accrédité parmi les libéraux est vendu au pouvoir ; on leur en offrirait des preuves matérielles, qu'ils refuseraient d'y croire. Il y a tant de candeur et de pureté dans les esprits et les mœurs des Français d'aujourd'hui, qu'ils ont de la répugnance à croire à la bassesse et à la corruption. Trop vertueux peuple, ta confiance te perdra.

« Argillant, dit le Tasse, nourri dans les troubles « civils, ne respire que haine et que vengeance. » Tel est l'effet pernicieux des discordes civiles sur les hommes qui en ont été les fauteurs ou même les témoins. C'est pourquoi la France ne sera jamais bien

éclairée ni bien dirigée, tant que l'on n'aura pas
balayé toute l'écume de la révolution, qui souille
encore notre belle patrie.

L'aristocratie financière, pour avoir le privilège de
nommer quelques députés au moyen de ses nombreux
correspondans, agit comme si elle avait quinze siècles de date. La nature humaine, quels que soient
les temps, sera toujours la même; elle aura toujours
les mêmes passions, et surtout la même tendance à
une suprématie exclusive.

Petit manége, petites vues, petits moyens, petits
conseils, petites intrigues, voilà en quelques mots
toute la politique de nos libéraux. Ils demandent
quelquefois avec candeur : Que pouvions-nous dire?
que pouvions-nous faire ? S'ils ne le comprennent
pas, c'est le cas de leur adresser cette apostrophe :
Soyez plutôt maçons, si c'est votre métier.

Amenter sur les places publiques quelques compères
(car toute faction a ses compères), quelques étourdis
ou les passans curieux, ou bien faire murmurer aux
théâtres ou dans les tribunaux, cela s'appelle aujour-
d'hui agir en grands politiques. Le Français n'est
point habitué à ces sortes de scènes, et cela même
est odieux à cette masse de propriétaires qui forment
le fond de la nation, par les craintes d'une nouvelle
révolution sanglante.

Nos Turcarets s'imaginent, dit-on, jouer un jour
le rôle de Médicis ; mais ils se sont donc imaginés

qu'il y avait identité entre manier les hommes et manier le ballot.

Tout le monde se dit aujourd'hui publiciste ou homme de lettres. Le siècle pullule de ces gens-là ; c'est sans doute pour cela que nous sommes si bien dirigés. S'il apparaissait un homme de génie, il y aurait bien les dix-neuf vingtièmes de ces messieurs qui rengaîneraient leurs titres et iraient chercher fortune ailleurs. Naguère c'était l'époque des héros et de la gloire : maintenant celle des sophistes et des beaux-esprits. Quelle chute !

Quiconque a pu se fourrer dans la tête les systèmes de législation en vogue aujourd'hui, et répondre en jargon convenu sur certaines questions de *principes*, passe aussitôt pour profond, sans avoir besoin après cela de faire preuve d'esprit. Tout système n'est créé que pour les hommes médiocres et par les hommes médiocres.

Il y a des choses que l'on ne peut discuter de sang froid sans se compromettre et se rendre ridicule. Telles sont les doctrines inventées de nos jours : il faut les attaquer par des sarcasmes, et laisser au temps à en faire justice. Solon, il y a trente siècles, disait qu'il n'avait pas donné aux Athéniens les meilleures lois en elles-mêmes, mais bien les meilleures qu'ils étaient susceptibles de recevoir. Voilà le type de toutes les institutions, et la réfutation complète de tout le bavardage dont on remplit encore tant de livres.

Loin de rapporter toutes leurs idées aux choses de ce monde, les hommes à systèmes rapportent, au contraire, toutes les choses de ce monde à leurs propres idées. Sans s'inquiéter du reste, il leur suffit de quelques faits isolés, et souvent contradictoires, pour étayer leurs rêveries et leur faire croire que le monde doit rouler infailliblement sur le pivot qu'ils se sont imaginé. Tels sont tous les publicistes du jour : ils prennent le sentiment pour la raison, et les illusions pour des réalités.

C'est une singulière espèce de gens que les publicistes. Le grand Frédéric les a parfaitement caractérisés tous lorsqu'il compare (*Histoire de mon temps*) ceux de la diète de Ratisbonne *à des mâtins de basse-cour qui aboient à la lune ;* c'est-à-dire, pour commenter son idée, sans nul effet et d'une manière stupide.

Les chefs libéraux ont fait bien des efforts pour gagner la jeunesse ; ils ont cru y avoir réussi : mais aujourd'hui elle sait les apprécier et leur rend justice. C'est tout dire.

Nos négocians et banquiers veulent à toute force que la France soit un peuple de commerçans susceptibles de recevoir le mot d'ordre de leurs comptoirs : aussi n'ont-ils jamais fait et ne feront-ils jamais que des feux de paille.

Avec tous leurs systèmes, leurs théories et toute leur vaste érudition, nos chefs libéraux auraient bien de la peine à ne pas se laisser jouer par le dernier commis de bureau qui voudrait s'en mêler.

J'entends parler sans cesse dans les journaux des éloquens défenseurs de nos libertés, lorsqu'on est effrayé de l'étonnante nullité de nos représentans. Je voudrais bien qu'on me fît voir quelques-uns de ces éloquens défenseurs de nos libertés.

On dit tous les jours dans le public qu'il manque un homme de tête au parti national en France. S'il existait, je parierais bien que les vingt-cinq membres les plus médiocres, et par conséquent les plus exaltés de l'Opposition, seraient ses plus grands ennemis, et lui susciteraient mille obstacles. On les a toujours vus s'agiter dans les circonstances malheureuses, et être la cause de nos plus grands désastres.

Quand je vois les radicaux d'outre-mer se rassembler dans les tavernes et les clubs patriotiques, je ne puis m'empêcher de gémir de ce que ceux qui devraient être d'un grand secours à toutes les nations constitutionnelles du continent, se conduisent de manière à leur être le plus nuisible possible. En effet, dans ces temps si critiques, où l'Angleterre aurait certainement pris le parti des peuples, comme c'était dans sa politique et ses intérêts, ils épouvantent l'oligarchie anglaise par leurs prétentions, et par conséquent forcent le gouvernement à l'inaction. Pendant ce temps-là les partisans de cette oligarchie s'agitent en tout sens au profit de leur pouvoir, et mettent tous les peuples à la merci de leurs ennemis.

Dans ce siècle on confond toujours l'esprit et l'éloquence. Sans doute l'éloquence est d'un grand secours à l'esprit, mais par elle-même elle n'est absolument d'aucune utilité pour l'homme d'état, qui dans ces temps doit avoir un assortiment des plus grandes qualités, savoir : le génie, le caractère et l'éloquence.

Pour s'attribuer des missions supérieures aujourd'hui, il faut avoir le siècle pour soi, puis de la hardiesse, de l'énergie, et surtout une certaine magie qui ne se rencontre jamais dans les têtes médiocres.

Étonner les peuples et les faire marcher selon le but et la tendance de leur esprit et de leurs mœurs, voilà tout le secret de la politique du siècle. Mais n'étonne pas le monde qui veut; aussi ne fait pas marcher les peuples qui veut.

L'exclusion de M. Manuel n'a servi qu'à décréditer de plus en plus les deux extrêmes de la Chambre : les premiers, en agissant avec passion et sans motifs sérieux ; et les seconds, en agissant comme des furieux et par des actes que désavoueraient des écoliers mutins de quinze ans.

Le président du conseil des ministres règne aujourd'hui sans partage. Voilà ce que c'est que d'avoir de l'adresse, de la suite, de l'unité dans son système : on profite de toutes les fautes, et l'on ne donne nullement prise sur soi. Nos libéraux à grandes phrases

devraient bien apprendre de là que le plus habile n'est
pas le plus bavard.

Que les partis sont stupides dans leurs exagérations !.
Un homme avancé en âge, et faible par conséquent ;
habitué par sa position et ses entours à considérer ceux
qui le gouvernent comme des êtres d'une nature supérieure, est obligé, par hasard, d'agir contre l'un
d'eux. Effrayé ou plutôt étourdi par des cris et des
vociférations, il s'arrête interdit, et n'ose s'en saisir ;
aussitôt on lui suppose de l'intention, de la fermeté,
et l'on en fait un héros. Il fallait de la pâture aux
journalistes, et ils n'ont pas manqué le coup.

Il ne suffit pas de vouloir imiter Mirabeau dans ses
discours et dans ses actes : il faut avoir encore, comme
lui, l'appui d'une popularité colossale, et de plus le
souffle ardent d'une ame forte, ainsi que cette liberté,
cette indépendance et cette supériorité de génie qui
lui permettait de traiter immédiatement toutes les
questions et de ravir toutes les volontés. Lorsqu'à la
séance du 23 juin il fit cette fameuse sortie : *Nous
sommes ici par la volonté du peuple*, etc., dont on con-
naît les effets, il savait bien qu'il avait la nation pour
appui et pour caution, et que le peuple le soutiendrait.
Ces paroles ne furent donc point ridicules. Mais lorsque nous voyons aujourd'hui des gens enfler leurs
mots et faire des protestations ; lorsque la nation est
indifférente sur leur situation, ce ne peut être que
des actes de maladroits politiques, qui ne connaissent

pas les effets des choses. Ils donnent par là la mesure
de leur capacité et le secret de leur impuissance.

Je voudrais bien savoir ce qu'il en coûte à certains
députés pour faire croire à leur popularité, soit en
libelles, en articles de journaux, en lithographies, et
même en médailles et couronnes civiques. Le silence
et l'effroi des masses répondent à toutes ces jongleries,
qui n'abusent plus que les imbécilles et les niais.

S'arrêter en révolution, comme on l'a fort bien dit,
c'est rétrograder. Comment la nôtre pourrait - elle
marcher avec les restes d'une génération dont tout ce
qu'il y avait de mieux, en fait d'hommes d'esprit, a
péri victime des fureurs de partis? Les plus désintéressés des hommes, les chefs libéraux, auraient été bien
fâchés (ils l'ont prouvé) de voir détruire ou seulement amender l'article de la Charte qui exige qua-
rante ans pour être député ; c'eût été détruire leur
règne en le sapant par sa base.

Quand une fois tous les esprits ont embrassé quelques opinions erronées, tout devient sophistique dans
leurs opinions, et ils perdent de vue la nature et ses
lois. Si nos publicistes avaient réussi à insinuer leurs
doctrines dans les générations nouvelles, peut - être
aurions-nous vu renouveler sur les dogmes sociaux
les mêmes discussions des théologiens du Bas-Empire
sur les dogmes religieux, comme *la forme et la subs-
tance*, et autres matières aussi sérieuses. Les événemens d'aujourd'hui, quelque graves qu'ils soient,

auront cela d'avantageux, qu'ils empêcheront les esprits de s'arrêter à de pareilles balivernes, en les faisant retrouver sans cesse en face des choses positives. L'on peut dire, en conséquence, que le règne des publicistes à *principes* est à jamais détruit.

Toute l'adresse de nos chefs, au profit de nos libertés, se réduit à s'être approprié le monopole de la presse, et avoir su exploiter, au moyen de partisans intrigans et audacieux, la crédulité des électeurs, et profité de leurs incertitudes. C'est ainsi qu'ils ont réussi à faire croire un moment à leur popularité en entravant l'essor de la véritable opinion publique.

J'ai dit que tout était hypocrite dans ce parti. Si l'on veut s'en assurer, on n'a qu'à voir les hommes qu'ils mettent en avant aujourd'hui : ce sont presque tous les honnêtes gens du parti ; mais c'est aussi ceux-là même qu'ils attaquaient de préférence en 1819, lorsque la fumée du pouvoir les enorgueillissait déjà. Mais que ces messieurs ne se méprennent point : à la moindre apparence de succès, toutes ces louanges disparaîtront pour faire peut-être place à des injures et à des proscriptions, s'ils le peuvent.

Si les chefs libéraux qui conservent encore l'espoir de s'emparer des destinées de l'état réfléchissaient seulement à la progression de leur popularité, ils trouveraient déjà bien du déchet. Ils seront emportés dans le tourbillon et confondus dans la foule ; alors ils seront bien étonnés de s'être crus grands et puissans, lorsqu'ils n'étaient que nuls et sans appuis.

· Il y a des gens qui se croient populaires, qui ne se doutent pas ce que c'est que popularité. Chez le Français, peuple vif, enthousiaste et aimant la grandeur, elle ne se manifeste que par des acclamations et des transports unanimes. Toute la popularité de nos chefs se réduit à recevoir des éloges de leurs journalistes, et à voir leurs portraits étalés chez les marchands de caricatures.

Nos adversaires seuls ont bien compris la politique de Bonaparte et l'ensemble de ses projets ; aussi n'ont-ils pas eu tort de le haïr. Néanmoins eux seuls étudient ses actes, et cherchent avec une ardeur infatigable à lui arracher le secret de sa puissance. Mais quand bien même on le leur apprendrait, ils n'en seraient pas plus avancés pour cela ; leur position et leur but sont diamétralement opposés, et par conséquent leurs moyens et leurs instrumens. Quant à nos libéraux, pour lesquels il travaillait, ils ne le comprennent pas ; aussi se tuent-ils de crier contre son insolence et son despotisme. Que gagneront-ils à cela ? La perte de leur liberté, peut-être les outrages et les humiliations de leurs ennemis, et surtout les sarcasmes de la postérité.

Le grand cheval de bataille de nos illustres représentans est sans doute la révolution dont ils sont sortis ; mais ils ne revendiquent d'elle que les souvenirs de l'anarchie révolutionnaire, et proscrivent tout ce qui tient à la gloire militaire de ces temps, c'est-à-dire qu'ils admirent la révolution par ce qu'elle eut de monstrueux, d'horrible, de féroce, et qu'ils méprisent tout ce qu'elle eut d'éclatant , d'admirable , de sublime.

On nous dit sans cesse que le siècle marche ; mais pour représenter ce siècle qui marche , nous n'avons vu encore que les hommes et les doctrines de 91 et de 93. Il y a donc eu contre-sens politique , absurdité ; aussi y a-t-il stagnation , inertie. Les mœurs seules gagnent tous les jours.

Pour nos libéraux , il n'y a de Français que les électeurs et tous les beaux-esprits de salon ; hors de là , il n'y a plus qu'un pauvre peuple qu'on menera comme on vo idra. Etrange aveuglement ! C'est dans les dernières classes de la société qu'est la vraie force de la nation. Appuyé par elles , tout parti sera vainqueur ; sans elles , il sera condamné à l'inertie et à l'impuissance. Nos chefs ne seront jamais que des quinze-vingts en politique.

Je ne désespère pas de voir les Français devenir un jour un peuple grave et fier , parce qu'il est essentiellement agricole. En effet , les travaux et l'industrie de la campagne excluent toujours les frivolités et les pretintailleries du bel-esprit : or , la population agricole étant de beaucoup supérieure aux classes industrielles des grandes villes , son esprit et ses mœurs s'étendront infailliblement sur l'esprit et les mœurs de ces dernières. Si la France était un pays industriel, ce serait autre chose ; car l'industrie et le commerce tendent toujours au luxe et à la magnificence , et se rapportent toujours à un centre qui donne le ton à toutes les parties. Athènes, commerçante, ne renfermait qu'un peuple léger et souvent frivole ; et Sparte, livrée toute entière à l'agriculture et aux armes, était fière et belliqueuse.

Notre gloire militaire offusque terriblement nos anciens politiques de clubs, parce qu'elle ne rejaillit pas sur eux et qu'elle contrarie leurs desseins secrets. Ils voudraient bien la faire oublier aux Français, pour concentrer tous leurs regards sur leurs débats ; mais ils auront beau faire des appels à cette nation, elle sera toujours sourde pour eux : car les Français aiment trop la grandeur, et il n'y a pas de risque qu'ils se prennent d'une belle ferveur pour leurs déclamations furibondes et leurs scènes tumultueuses et désordonnées.

Ce qui fait que tels individus chérissent si fort la révolution, c'est parce que c'était l'époque des intrigues, des cabales, des apothéoses et des proscriptions. Dans ces temps, l'homme le plus médiocre jouait un rôle et pouvait exercer ses petites vengeances ; mais aujourd'hui que la France n'accorde pas sa confiance à tout le monde, il n'y a plus moyen : aussi les entend-on crier à l'ingratitude, et assurer que la France est ingouvernable.

Je ne serais pas étonné que le président du conseil des ministres, pour son propre intérêt, ne fît revenir à la Chambre (si les électeurs entendent quelque chose

à la politique) certain grand parleur qui sait si bien
ce qu'il nomme attacher le grelot. Pendant que les
représentans bavardent l'on pousse sa pointe, et l'on
fait voguer ainsi sa galère.

Les chefs libéraux se demandent chaque jour : Comment se fait-il que tout marche et ne s'arrête pas, de-
puis que nous sommes éloignés de la Chambre, *et que
nous avons protesté?* Des gens moins orgueilleux se
feraient ce raisonnement bien simple : Dans l'état
d'inquiétude et d'agitation où sont tous les esprits, si
nous ne sommes soutenus ni appuyés par les masses,
c'est sans doute parce que nous ne parlons ni leur
langage ni leurs sentimens, ou du moins que nous
n'avons pas su nous y prendre pour tourner à notre
profit cette inquiétude et cette agitation. Mais une
pensée si simple ne leur viendra pas, il n'y a pas de
danger.

On vient de jeter dans le public bon nombre de
livres qui seront le dernier coup de mort donné au
parti que j'attaque. Quels traits de lumière pour les
générations nouvelles, qui n'avaient pu juger des événemens que par des récits falsifiés et par les déclamations de la haine et de l'orgueil blessé! Je ne sais si
nos grands faiseurs de politique oseront encore écrire
leurs petites vues et donner leurs petits conseils ; ils
sont désormais condamnés au silence, sous peine de
ridicule et de mépris.

Avec un peu moins d'ineptie, et surtout moins

d'égoïsme et de bassesse, nos chefs eussent pu, il y a quelques années, refouler la contre-révolution dans un passé sans avenir ; tandis qu'aujourd'hui, à travers quels périls la liberté doit-elle renaître ! Peut-être nous en coûtera-t-il le sang de plusieurs générations, des sacrifices et des calamités sans nombre, pour la consolider dans notre belle patrie. Si notre avenir est si noir, et qu'il nous présage tant d'horreurs, graces en soient rendues au noble désintéressement de nos chefs et aux sublimes talens qu'ils ont développés ! Mais Dieu préserve la France, et tout pays libre, de la réunion de pareils hommes ; car il faudrait bientôt s'attendre à voir la barbarie fondre sur nos climats, et la féodalité renaître avec tout l'appareil de son despotisme et de ses mœurs sauvages.